me gusta
el AZUL

 Parramón

Me gusta el azul
Autora: M. Àngels Comella
          Ilustradora y pedagoga

Dirección editorial: Mª Fernanda Canal
Proyecto y edición: Mercè Seix
Diseño gráfico: Jordi Martínez
Archivo fotográfico: Mª Carmen Ramos
Fotografías: Estudio Nos y Soto
          AGE: mariposa pág.11, ropa tendida pág. 25,
          gatos pág. 37.
          Incolor: perro pág. 21.
          Índex: planeta Tierra pág. 9, pez y pájaro
          pág. 11.
Dirección de producción: Rafael Marfil
Agradecimientos: Museo de Geología de Barcelona

Segunda edición: noviembre 1998
© Parramón Ediciones, S.A. - 1996

Editado y distribuido por Parramón Ediciones, S.A.
Gran Via de les Corts Catalanes, 322-324
08004 Barcelona

ISBN: 84-342-2009-1
Depósito legal: B-17.649-98

Impreso en España

ÍNDICE

PARA LOS PADRES Y EDUCADORES

Sólo con nombrar un color -el azul, por ejemplo- nuestra memoria dispara un cúmulo de sensaciones: constituye una palabra indisolublemente asociada a nuestra experiencia vital en la que, en un entorno en permanente transformación, lo fijamos a unas imágenes y vivencias: aquel día de invierno, los ojos de nuestro gato, las primeras imágenes de la Tierra desde un satélite espacial…

Me gusta el color azul permitirá que acompañemos al niño en la asombrosa e intransferible aventura de descubrir un mundo que es de colores. Unas propuestas básicas de experiencias desarrolladas visualmente a partir de un color y con un lenguaje comprensible para una edad en la que se adentra en el aprendizaje de la lectoescritura.

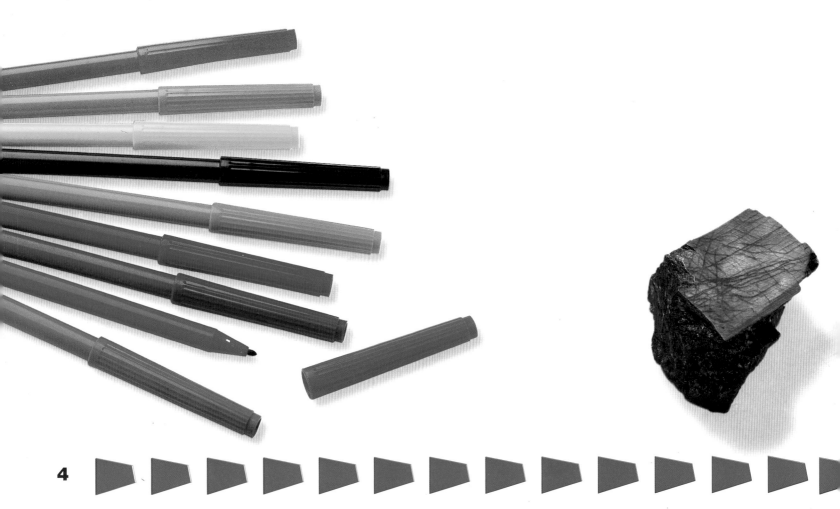

EL AZUL

Existen muchos azules, por ejemplo, estos tres:

Azul turquesa

Azul marino

Azul medio

EL MAR

Es un día claro y azul, como el mar, perfecto para salir a navegar.

Tras la navegación,
Necesitamos:

► plastilina azul

► un cartón

► plastilinas de otros colores

1 Esparcimos en el cartón la plastilina azul con los dedos y marcamos las olas.

2 Encima le ponemos un pescador, una gaviota y peces voladores.

 EN OCASIONES, EL MAR TIENE OTROS COLORES: VERDE, PLATEADO…

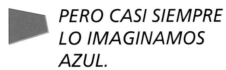 PERO CASI SIEMPRE LO IMAGINAMOS AZUL.

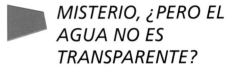 MISTERIO, ¿PERO EL AGUA NO ES TRANSPARENTE?

Y en tu mar, ¿qué pondrás? ¿una ballena?

   7

PLANETA AZUL

Nuestro planeta visto desde un satélite, ¡es hermoso y azul!

Tras observar el cielo, **Cogemos:**

rotuladores de colores

1 Pintamos un planeta imaginario trazando rayas circulares.

2 Dibujamos casas, árboles y estrellas entre las rayas.

HERMOSA MARIPOSA

Ya es primavera y hemos visto mariposas azules.

Para pintar la mariposa,
Utilizamos:

▶ témperas de colores

1 Mojamos el dedo
en la témpera
azul y manchamos el
papel formando las
alas.

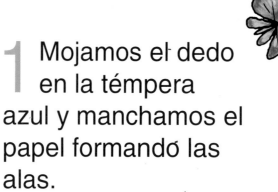

2 Repetimos la
operación, pero
usando el amarillo
para el cuerpo y el
verde para el fondo.

3 Para cambiar de
color, nos lavamos
antes las manos.

TAMBIÉN EN EL MAR, VIVEN PECES DE UN AZUL ELÉCTRICO.

Y LAS PLUMAS DE ALGUNOS PÁJAROS DIBUJAN DE AZUL EL AIRE.

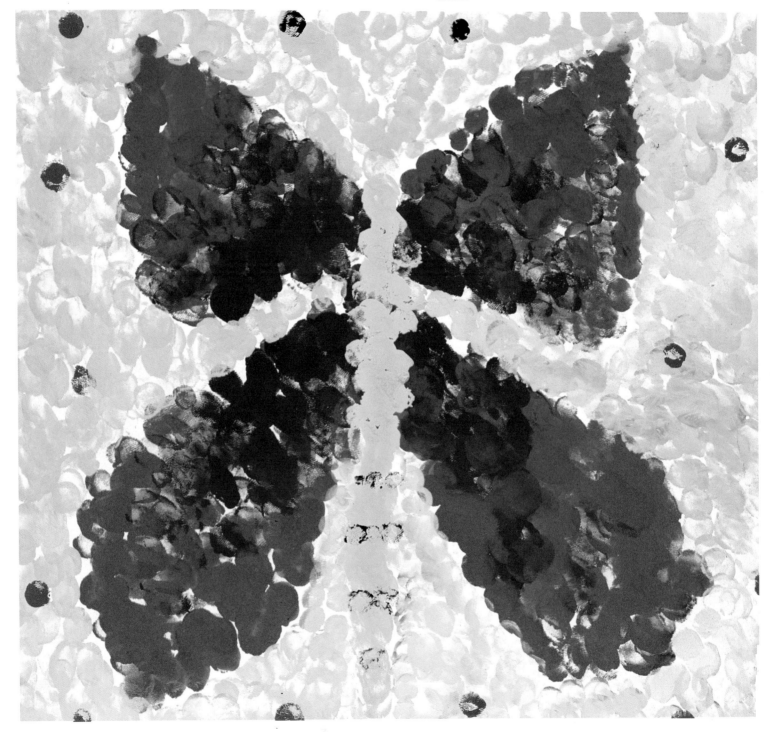

Visto y no visto, ¿de qué color será tu bicho?

MOSAICO DE COLORES

¿Y si jugamos a destacar el azul entre otros colores?

Para nuestro juego de colores, **Buscamos:**

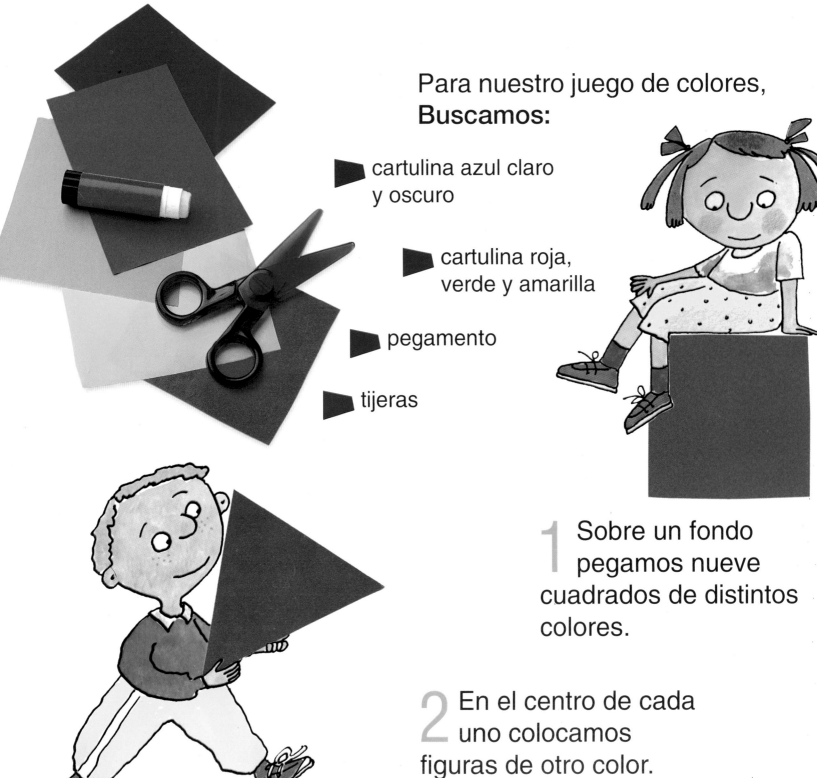

- cartulina azul claro y oscuro
- cartulina roja, verde y amarilla
- pegamento
- tijeras

1 Sobre un fondo pegamos nueve cuadrados de distintos colores.

2 En el centro de cada uno colocamos figuras de otro color.

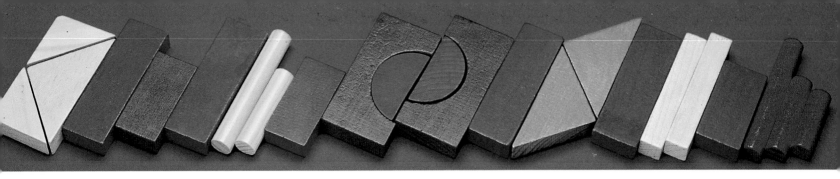

▶ ¿QUÉ EFECTO DARÁ AL LADO DEL AMARILLO, DEL ROJO O DEL VERDE?

▶ JUNTO A CADA COLOR LUCE DIFERENTE.

▶ ALGUNAS COMBINACIONES NOS GUSTAN Y OTRAS NO.

¿Junto a qué color te gusta más el azul?   **15**

UNA CAMISETA

UNOS PANTALONES

UN JERSEY

¿Y si la vistes con una camisa y un pantalón tejanos?

TRANSPARENCIAS ESTELARES

El papel puede ser transparente, como un cielo azul y estrellado.

Para los azules de nuestro cielo, **Utilizamos:**

▶ papeles de seda y celofán azules

▶ pegamento y tijeras

▶ cartulina blanca

1 Recortamos estrellas del mismo tamaño y las pegamos unas encima de otras.

2 Cada azul, al sumarse, es diferente.

NO EXISTE UN ÚNICO AZUL, SINO MUCHOS.

PUEDEN TENER TONOS OSCUROS O CLAROS.

LA SUMA DE AZULES DA SIEMPRE UN AZUL DIFERENTE.

¿Y si fuera el mar?¿Qué azules tendría?

EL JUEGO DE LOS DISPARATES

Vamos al parque e imaginamos cómo serían las cosas de otro color.

Para el dibujo disparatado, **Utilizamos:**

▶ témperas

▶ pincel

1 Con un pincel manchado de negro hemos dibujado al señor con su perro.

2 Una vez seco, pintamos con las témperas de colores.

 HABITUALMENTE PINTAMOS LAS COSAS DEL COLOR QUE LAS VEMOS.

 CAMBIAR EL COLOR RESULTA DIVERTIDO.

¿Un perro azul? ¡No me lo puedo creer!

¡QUÉ TRISTE!

No sé, hoy me he levantado triste y lo pinto casi todo de azul.

Para pintar nuestro estado de ánimo,
Buscamos:

▶ ceras de color azul, lila, gris y blanca

▶ un pincel y látex

1 Con estas ceras pintamos una figura.

2 Finalizado el dibujo, lo fijamos con látex.

 LOS COLORES NOS PARECEN TRISTES O ALEGRES.

 EL AZUL PUEDE TRANSMITIR TRISTEZA.

La señora está triste, ¿qué le pasa a la señora? **23**

HOY TOCA COLADA

Colaboramos en las tareas de casa y hoy toca tender la ropa.

Para pintar la ropa tendida al sol, **Necesitamos:**

 azulete

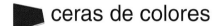 ceras de colores

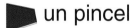 un pincel

1 Con las ceras, pintamos la ropa tendida, el sol, las nubes, un pájaro…

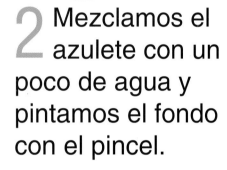

2 Mezclamos el azulete con un poco de agua y pintamos el fondo con el pincel.

▸ *EL AZULETE ES UN POLVO PARA LAVAR LA ROPA BLANCA.*

▸ *DISUELTO, TIÑE EL AGUA DE UN AZUL INTENSO.*

▸ *PODEMOS UTILIZARLO TAMBIÉN PARA PINTAR.*

¡Vaya colada! Hasta huele a limpio.

OJOS DE GATO

*Nuestra gata se llama Luna
y es la reina de la noche.*

Vamos a pintar a la gata Luna,
Cogeremos:

▶ témperas

▶ cera negra

▶ pincel y capuchón
de bolígrafo

1 Cubrimos una
cartulina con cera
negra y, después,
damos una capa de
témpera blanca.

2 Una vez seca,
hacemos el dibujo
rascando con el
capuchón.

3 Los ojos de la gata y los
detalles los acabamos
con témperas de colores.

¿Y tú? ¿Tienes los ojos del color de Luna?

UN TESORO

Hemos visto muchos minerales de color azul en una tienda. Algunas piedras las tallan para hacer joyas.

Tener un tesoro en casa es fácil, **Necesitamos:**

▶ papel de aluminio

▶ plastilina de distintos azules

▶ plastilina blanca

▶ cordel dorado y plateado

1 Mezclamos las plastilinas para obtener azules diferentes.

2 Inventamos joyas con la plastilina como si fueran piedras preciosas.

TURQUESA

SODALITA

HEMIMORFITA

Un botín de joyas digno de una reina.

TOCA TOCA

No lo ves y qué es.
¿Te atreves a adivinar
también su color?

Para pintar nuestro cuadro táctil,
Buscamos:

▶ cartón ondulado y un clip

▶ arena blanca y algodón

▶ acuarelas y un pincel

▶ pegamento

▶ tijeras

1 Pensando en nuestro dibujo, rayamos la cartulina con el clip.

2 Pegamos los distintos materiales y coloreamos con las acuarelas.

 LAS NUBES

 EL MURO

LA HIERBA

Un dibujo para disfrutar hasta con los ojos cerrados. **31**

MEZCLAS DE COLORES

Qué sucede cuando mezclamos el azul con otros colores.

AZUL   +   AMARILLO

VERDE

AZUL   +   ROSA

MORADO

AZUL   +   VERDE

VERDE AZULADO

AZUL   +   NARANJA

MARRÓN

Si no hay luz, no hay azul ni ningún color.